Reformer

Story & Artwork
SCHWARWEL

Farben
THOMAS REICHL

Cover
SIMON BISLEY

Letterig & Layout
THOMAS REICHL, STEFFI JUNGHANS

Blitzkrieg The Manic Mandrill
erschaffen von
SIMON BISLEY

River X und Reformer
erschaffen von
SCHWARWEL

ARTISTS

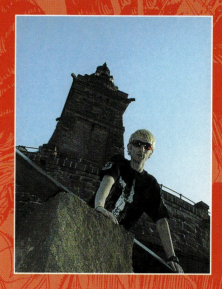

SCHWARWEL

LEHRE ALS DACHDECKER, ARBEITETE AN DEN LEIPZIGER THEATERWERKSTÄTTEN UND ALS ESSENFAHRER BEI DER VOLKSSOLIDARITÄT. WAR MUSIKER BEI THE ART OF THE LEGENDARY TISHVAISINGS. AUSSERDEM GRAFIKER DER MUSIKZEITSCHRIFT NM!MESSITSCH, FÜR CLUBS UND BANDS.
SEIT 1993 GRAFIKER FÜR DIE ÄRZTE.
SEINE ERSTEN COMICSTRIPS VERÖFFENTLICHTE SCHWARWEL 1988 IN MESSITSCH UND 1989 IN DER LEIPZIGER VOLKSZEITUNG. SEITDEM ZEICHNETE ER FÜR VERSCHIEDENE MAGAZINE UND HEFTE UND BRACHTE IM EIGENVERLAG SEIN ERSTES **SCHWEINEVOGEL**-COMIC "LIEBE, TOD & TEUFEL" SOWIE DIE LEGENDÄREN **HOUSERS** HERAUS.
1996 GRÜNDETE ER MIT BELA B. FELSENHEIMER EEE. FÜR EEE SCHREIBT UND ZEICHNET SCHWARWEL NEBEN DEN "HAUSGRAFIKEN" DES COUNT BELA AUCH KURZGESCHICHTEN UND MINISERIEN.
REFORMER IST SEINE ERSTE REALISTIK-MINI-SERIE IM HEFTFORMAT – UND DIE BESTE GELEGENHEIT, MIT BLITZKRIEG THE MANIC MANDRILL, SCHWARWELS LIEBLINGSHELDEN SEINES COMICSTARS SIMON BISLEY, ZU ARBEITEN.

THOMAS REICHL

NACH DEM ABITUR ABGEBROCHENE STUDIEN DER GRAFIK, VON KUNST, GESCHICHTE UND GRAFIKDESIGN AN DER BURG GIEBICHENSTEIN IN HALLE – SEINE DIPLOMARBEIT GAB ER NICHT AB, DA ER GELD VERDIENEN MUSSTE.
ER JOBBTE IM VIDEO- UND CD-VERLEIH, ARBEITETE ALS FREIER GRAFIKER (U.A. FÜR KREUZER – DIE LEIPZIGER STADTILLUSTRIERTE) SOWIE FÜR DIVERSE CLUBS UND VERANSTALTER) UND GAB ALS SYSTEM OPERATOR LEHRGÄNGE.
ER BETREUT EEE IM GRAFISCHEN BEREICH.
REFORMER IST SEINE ERSTE LÄNGERE KOLORIERUNGSARBEIT.
MIT EEE VERBINDET IHN DIE LIEBE ZU HORROR-, SPLATTER- UND SCIENCE FICTION-FILMEN, DIE BÜCHER VON H. P. LOVECRAFT UND DOUGLAS ADDAMS UND SEIN FAIBLE FÜR KISS, HELLBOY UND BISLEY.
SEINE LEIDENSCHAFTEN GELTEN ABER VOR ALLEM TEKKEN UND SEINEM JEEP TROOPER – OBWOHL ER INSGEHEIM VON EINEM HUMMER TRÄUMT.

SIMON BISLEY

MIT **SLAINE THE HORNED GOD** ENTERTE BISLEY IN DEN ACHTZIGERN DIE COMICSZENE UND BELEBTE DAS FANTASYGENRE NEU. SEINE DEFINITION DES BAD BOY BRACHTE ER MIT DEM BIS DAHIN UNBEACHTETEN DC-HELDEN **LOBO** ZU PAPIER. SEITDEM IST ER EIN ETABLIERTER UND GEFEIERTER COMICSTAR, DER SEINE HANDSCHRIFT UNTER ANDEREM BEI **BATMAN, JUDGE DREDD** UND **DEATH DEALER** HINTERLIESS. SEINE ZUSAMMENARBEIT MIT KEVIN EASTMAN BRACHTE NEBEN **MELTING POT** UND **BODYCOUNT** AUCH **HEAVY METAL F.A.K.K. 2** HERVOR – DEN COMIC, DER IN AMERIKA LANGE VOR DEM FILM DAS LICHT DER WELT ERBLICKTE.
ALS THE BIZ ZUR COMIC ACTION 1999 AUF EINLADUNG VON EEE IN ESSEN WAR, SCHLUG ER SCHWARWEL VOR, DIESER KÖNNE EINEN COMIC MIT SEINEM CHARAKTER DES MANIC MANDRILL (U.A. IN BLACKBALL COMICS, MONSTER MASSACRE UND THUMP'N'GUTS) GESTALTEN.

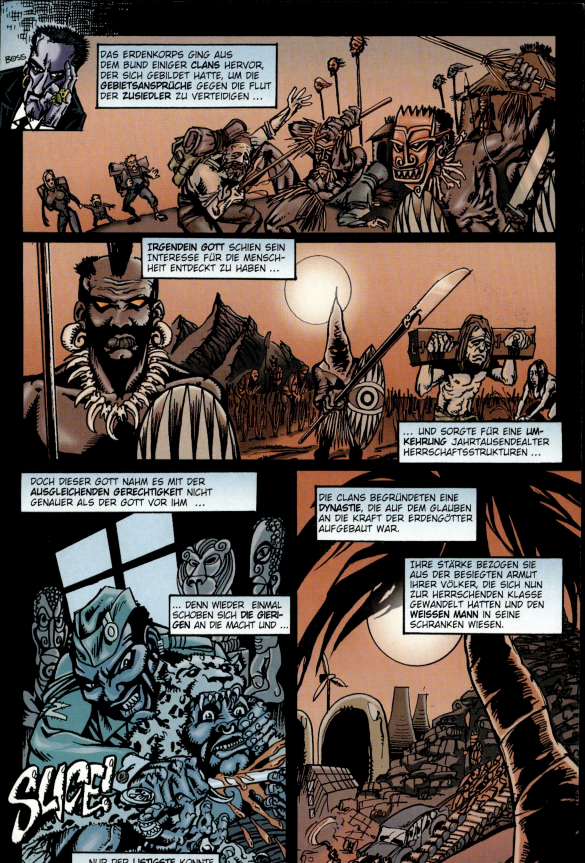

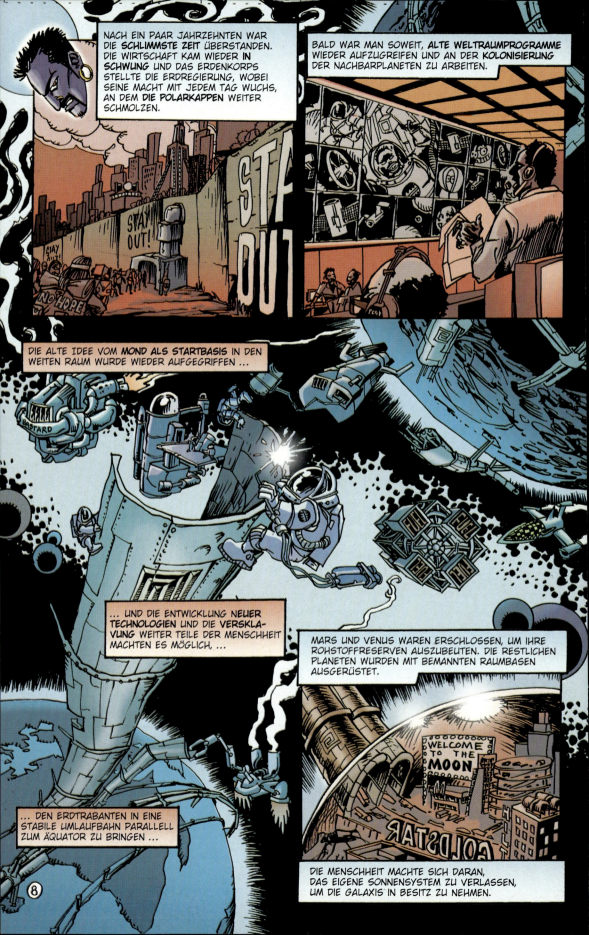

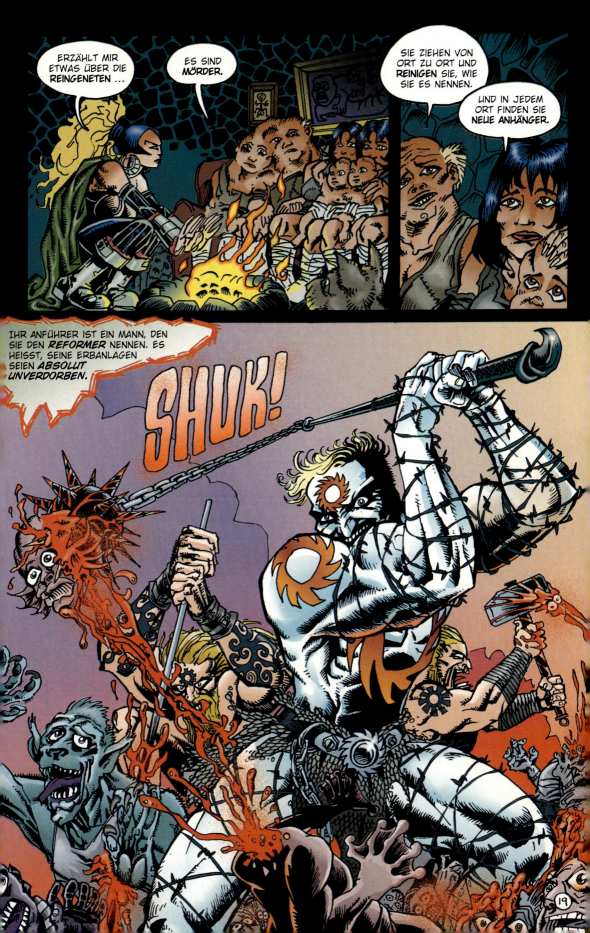

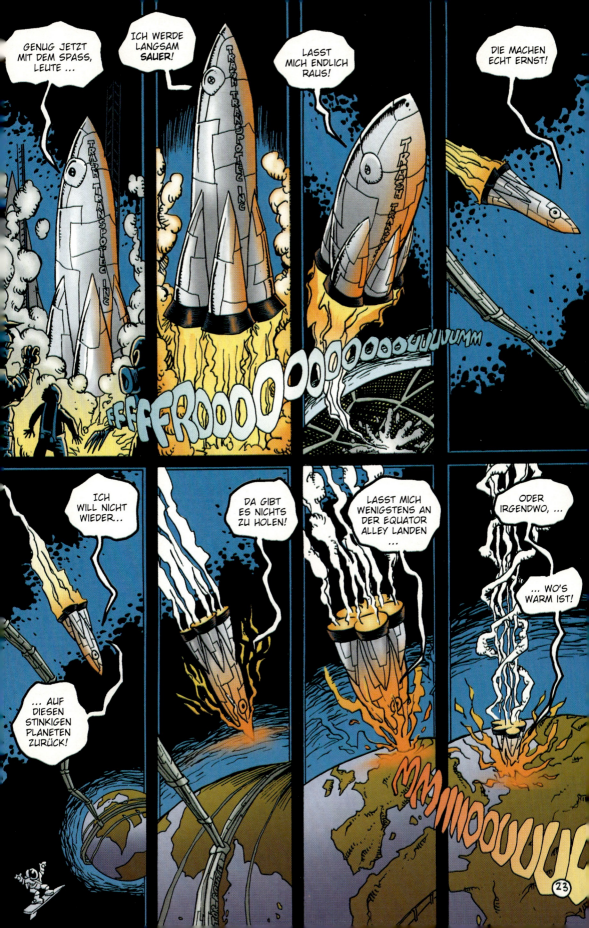

TERROR IN HEFTFORM

Um in Erlangen nicht mit leeren Händen dazustehen, haben wir einiges auf die Beine gestellt, was speziell für den grössten deutschen Comic-Event hergestellt und dort erstmals vorgestellt wird.

EXTREM Special #1: TORTURER „Eine Burg in Canada"
Cover & Artwork: J. Hicklenton (Deadstock), Story: P. Mills, 36 S., vollfarbig, DM 12,80

In einem früheren Leben war Pete ein Folterknecht, der jede Foltermaschine beherrschte und die Techniken kannte, mit denen man den Willen jedes Menschen bricht. Doch Dämonen, die sich als Menschen maskierten, brachten ihn in unsere Zeit und heute ist er nichts weiter als ein Erfinder von Horrorspielen. Als Pete eines abends mit seinem neuesten Spiel EVIL SCUM 3 nicht weiterkommt, geht er in die Bar an der Ecke, um sich ein paar zu genehmigen. Dort begegnet er Flora, der schönen Barfrau, die ihm von ihrem Traum erzählt – Pete kam darin vor, und Schlösser in Canada ... doch in Canada gibt es keine Schlösser!

Pete überredet Flora, ihn auf einer Reise zu Freunden nach Frankreich zu begleiten. Sie willigt ein und die beiden gehen auf die Reise, die sie für immer aus ihrem normalen Leben reissen wird – die Gegend, in die sie fahren, wird beherrscht von den mittelalterlichen Schlossruinen der Gnostiker, die von den nordfranzösischen Kreuzrittern gefoltert und vernichtet wurden. Hier sollen Pete und Flora ihre wahren Bestimmungen erfahren.

EXTREM Special #2: BLASTED!
Story & Artwork: Uwe de Witt, 32 Seiten vollfarbig, ALL AGES, DM 9,90

Waffenschmuggler leben gefährlich, klar. Aber wie gefährlich sind sie eigentlich selbst? Vor allem, wenn sie einen Blaster in die Hand kriegen? Der wurde nicht umsonst schon 3033 aus dem Verkehr gezogen.

Uwe de Witt liefert einen rasanten Shootout, der an Zerstörungspotenzial nichts zu wünschen übrig lässt. Natürlich in Farbe.

OBJECTS IF DESIRE - THE ART OF DUKE MIGHTEN
Cover, Artwork & Story: Duke Mighten
48 Seiten, DM 24,80

Exklusiv für EEE hat Duke Mighten eine dunkle Geschichte geschrieben und gezeichnet, die hier mit seinen fantastischen Skizzen für Glenn Danzigs SATANIKA und den Previews und Skizzen zu Bela B. Felsenheimers SISTER OF NO MERCY zusammengefasst eine detailreiche, dunkle Bildwelt vermittelt. Mightens einzigartiger Schwarz-Weiss-Stil zeigt die ganze Kunst des Schreckens!

Ausserdem pünktlich zum Comicsalon:

SATANIKA #3 von 3
- plus einem speziellen Erlangen-Cover, limitiert auf 200 Stück!
Cover: M. Emond, Artwork: D. Mighten, Story: G. Danzig
40 S., vollfarbig, normale Handelsausgabe DM 7,90

Für die Signierstunden mit Comickünstler DUKE MIGHTEN und Coverartist SIMON BISLEY gibt es eine spezielle Coverausgabe, die nur das SATANIKA-Logo trägt – den Rest des Platzes werden MIGHTEN und BISLEY für euch mit ihren Signets und einem Sketch von SATANIKA füllen.

EXTREM #5
64 S. vollf., normale Handelsausgabe DM 9,90
Erlangen-Cover 1: R. Engel, Erlangen-Cover 2: I. Sauer

Erstmals eine Geschichte des in Gothic-Kreisen für seine schwarzen Geschichten bestens bekannten CHRISTIAN VON ASTER – in Szene gesetzt vom profilierten RAINER ENGEL: NEKROPIAS THRON, eine makabre Geschichte, die im Nirgendwo der USA angesiedelt ist: Der debile Sohn eines Pathologen verliebt sich unsterblich in die Seele Betty Bogarts, einer alten Dame, die im Kühlfach seines Vaters liegt. Von ihr erfährt der junge Mann die süssen Geheimnisse, die im Reich Nekropias auf ihn warten. Sollte er drei Prüfungen bestehen, kann er die Krone dieses jenseitigen Königreiches tragen ...

BLUT ist ein Neowestern aus den Tiefen des Alls. AUGSBURG und SCHWARWEL schickten einen wortkargen Helden auf eine dunkle Odyssee, die Newcomer INGO SAUER mit seinen detailreichen Gemälden fantastisch illustriert. Der namenlose Held flieht von einem Kopfgeldjäger-Schiff und macht eine Bruchlandung auf einem Wüstenplaneten. Dort gibt es einen Raumhafen, von dem aus man in fantastische Welten reisen kann – das versprochene Nirvana, zu dem Treks aufbrechen, in der Hoffnung auf eine neue Welt ...

RIVIERA ist die Geschichte um eine urlaubsreife Familie, die sich auf dem Weg zu ihrem Urlaubsziel hoffnungslos in den Serpentinen der Toscana verfährt. Als die Nacht hereinbricht, beschliessen sie im kleinen Dorf Lupore zu übernachten. Da überfahren sie ein Tier, das plötzlich aus den Büschen springt. PSYCHO M. HOFFMANNS unterkühlter Strich findet in ANDRÉ KURZAWES Farben zur Vollendung – ganz zur Freude von SCHWARWEL, der die Story geschrieben hat.

ALLES ÜBER EVE – der abschliessende Teil der in EXTREM #4 begonnenen Kurzgeschichte um BLYTHE, die Vampirin, der EEE bereits eine eigene Miniserie gewidmet hat. Wieder wird Blythe von DAVID QUINN (FAUST) und KYLE KLOTZ in schier aussichtslose Situationen gebracht, nur um über sich selbst hinauszuwachsen – und wir dürfen diesem üppigen Schauspiel beiwohnen!

HEAVY METAL F.A.K.K.2 #2 von 2 – Der Comic zum Film
Cover & Artwork: S. Bisley, Story & Layouts: K. Eastman
60 S. vollfarbig, Softcover-Album, DM 19,80

Der zweite und abschliessende Band der Geschichte um Julie alias F.A.K.K.2, ihren Erzfeind Lord Tyler und den sinistren Odin (nicht verwandt oder verschwägert mit dem gleichnamigen Herrn aus Valhalla) lässt wieder keine Wünsche offen: Wohlproportionierte Amazonen ziehen in den Kampf gegen alles Böse – und im Gegensatz zum Film unter der Feder von Simon Bisley (der mit diesem Band einmal mehr beweist, warum er seinen Spitznamen „The Biz" zu recht trägt): Kompromisslose Kunst in Vollendung!

Ausserdem in diesem Band: der zweite Teil der F.A.K.K.2-Galerie mit vielen Sketches und Hintergründen zum Film und zum Comic.

Wir sind uns sicher, dass wir mit diesem Programm voll euren Nerv treffen und hoffen, euch auf dem Comicsalon zu sehen!

Eure EEE-Crew

... WO DER TERROR ZUHAUSE

| SV #1 4,95 DM | SV #2 4,95 DM | SV #3 4,95 DM | SV #4 4,95 DM | SV #5 4,95 DM | SV #6 4,95 DM |

| SV #7 4,95 DM | SV #8 4,95 DM | SV #9 4,95 DM | SV #10/11 Doppelnr., 68 S. mit Farbcover • 11,90 DM | Schweinevogel #1, Vol. 2 5,90 DM |

CHECKT AUCH UNSERE WEB-SITE UNTER WWW.BIG-F-MANOR.DE DORT HABEN WIR JETZT EINE AKTUELLE BESTELLSEITE AUFGEBAUT.

| K & J #1, 2. Aufl. 5,90 DM | K&J #2A 5,95 DM | K&J #3 5,95 DM | K&J #4 6,90 DM | FAUST #1, 68 S. mit Farbcvr. (†) 11,90 DM | FAUST #2, 68 S. mit Farbcvr. (†) 11,90 DM |

| FAUST #3, 68 S. m. Farbcvr. (†) 11,90 DM | FAUST #4, 44 S. m. Farbcvr 6,90 DM | FAUST #5, 44 S. m. Farbcvr. (†) 6,90 DM | FAUST #6, 44 S. m. Farbcvr. (†) 6,90 DM | FAUST #7, 44 S. mit Farbcover (†) 6,90 DM | FAUST #8, 44 S. mit Farbcover (†) 7,90 DM |

| DD #1, 56 S. vollfarbig (†) 15,90 DM | DD #2, 56 S. vollfarbig (†) 14,90 DM | DD #3, 56 S. vollfarbig 14,90 DM | DD #4, 56 S. vollfarbig (†) 14,90 DM | Heavy Metal F.A.K.K.2 #1, 60 S. vollfarbig (†) 19,80 DM | Heavy Metal F.A.K.K.2 #2, 60 S. vollfarbig (†) 19,80 DM |

IST!

GOTHIC NIGHTS, 68 S. m. FC (†)
11,90 DM

NV #1, 68 S. m. Farbcover
11,90 DM — AUSVERKAUFT

NV #2, 76 S. m. Farbcover
11,90 DM

NV #3, 76 S. m. Farbcover
11,90 DM

Sat #1, 36 S. vollf. (†)
7,90 DM

Sat #2, 36 S. vollf. (†)
7,90 DM

Sat #3, 36 S. vollf. (†)
7,90 DM

ExIll #1, 36 S. (†)
6,90 DM

ExIll #2, 36 S. (†)
7,90 DM

ExIll #3, 36 S. (†)
7,90 DM

Extrem #4, 36 S. (†)
7,90 DM

Extrem #5, 64 S. (†)
9,90 DM

WENN DER HÄNDLER DEINES VERTRAUENS UNSERE COMICS NICHT HABEN SOLLTE, KANNST DU SIE AUCH DIREKT ÜBER *EEE* BEZIEHEN!

bestes Einzelcomic 1999

GiH #1, 44 S. m. Farbcvr. (†)
6,90 DM

GiH #2, 44 S. m. Farbcvr. (†)
6,90 DM

GiH #3, 44 S. m. Farbcvr. (†)
6,90 DM

GiH #4, 44 S. m. Farbcvr. (†)
7,90 DM

Virus, 136 S. vollfarbig (†)
24,90 DM

ZW One Shot, 36 S. vollf. — AUSVERKAUFT
7,90 DM

Geschichten zum Liebhaben #1, 32 S. vollfarbig — AUSVERKAUFT
7,90 DM

HB BFOE #1, 32 S. vollf.
7,90 DM

HB BFOE #2, 32 S. vollf.
7,90 DM

HB WStA #1, 32 S. vollfarbig
7,90 DM

HB WStA #2, 32 S. vollfarbig
7,90 DM

Reformer #1 v. 2, 36 S. vollfarbig
9,90 DM

HAMMER #1, 36 S. vollfarbig
7,90 DM

HAMMER #2, 36 S. vollfarbig
7,90 DM

HAMMER #3, 36 S. vollfarbig
8,90 DM

HAMMER #4, 36 S. vollfarbig
8,90 DM

EXTREM Special #1: Torturer, 32 S. vollfarbig (†)
12,80 DM

EXTREM Special #2: Blasted, 32 S. vollfarbig
9,90 DM

(†) laut grösstem deutschen Comic-Fan Award „Goldener Ventilatorknabe", veranstaltet von „Hit Comics" und „Zack"

... WO DER TERROR ZUHAUSE IST!

FAUST „Welcome In Hell"
T-Shirt / Longsleeve

FAUST „Welcome In Hell"
Frontdruck 2farbig

FAUST „Welcome In Hell"
Papp-Aufsteller ca. 168 cm hoch

Faust „Revenge" Longsleeve
2farbige Front, 1farb Rück

T-Shirt EEE-Logo, 4farbig

SV mit Chicks Shirt
3farbige Front

AUSVERKAUFT

Shit the Dog
Shirt, 4farbige Front

AUSVERKAUFT

Shit the Dog „Buddy Bonding"
Shirt, s/w

EEE „Armee der Untoten",
1farbige Front (floureszierend)

COOLE NEUE SCHEISSE!

MUSS MENSCHHEIT VERNICHTEN!

AM BEFEHL VON EEE
EEE „Menschheit",
2farbige Front

Jumblers „They Don't Like Us"
Red Hot R'nR from L.E.
4-Track-7" EP

K&J Let the sunshine...
Shirt, 2farbige Front

Mr. Shithead's HÄUFCHEN-SPIEL
48 Karten, vollfarbig

FAUST POSTER (†)
2farbig

GOTHIC NIGHTS POSTER
„Gräfin Ravnos", 4farbig

SV Poster by Schlunze #1,
33 x 50 cm

GOTHIC NIGHTS „Gräfin Ravnos", 2farb
T-Shirt / Longsleeve

TRITT EIN IN DIE
ARMEE DER UNTOTEN VON EEE!

DU HAST DIE WAHL ZWISCHEN

NORMALE REKRUTIERUNG IN DIE ARMEE DER UNTOTEN FÜR 5,00 DM IM JAHR
DAFÜR BEKOMMST DU VON UNS:
- EEE-AUFKLEBER DEINER WAHL (SIEHE COUPON)
- 4 EEE-NEWSLETTER IM JAHR
- ARMEE DER UNTOTEN-MITGLIEDAUSWEIS

ODER

EXTREME REKRUTIERUNG IN DIE ARMEE DER UNTOTEN FÜR 35,00 DM IM JAHR
DAFÜR BEKOMMST DU VON UNS:
- EEE-AUFKLEBER DEINER WAHL (SIEHE COUPON)
- 4 NEWSLETTER IM JAHR
- ARMEE DER UNTOTEN-MITGLIEDAUSWEIS
- EINEN EIGENEN GRABSTEIN AUF UNSEREM INTERNETFRIEDHOF (BITTE SELBST AUSWÄHLEN: WWW.BIG-F-MANOR.DE!!!)
- DIE REKRUTIERUNGSURKUNDE DER ARMEE DER UNTOTEN
- DAS EXKLUSIVE UND INDIVIDUELLE MEMBER-SHIRT MIT NAMEN UND MITGLIEDSNUMMER
- 1 COMIC DEINER WAHL

JA! ICH WILL NOCH HEUTE UNTOT WERDEN!

☐ Normale Rekrutierung in die Armee der Untoten **FÜR 5,00 DM/JAHR**

ICH MÖCHTE EINEN AUFKLEBER VON
○ FAUST   ○ GOTHIC NIGHTS   ○ SCHWEINEVOGEL   ○ K & J   ○ ZOMBIEWORLD

☐ Extreme Rekrutierung in die Armee der Untoten **FÜR 35,00 DM IM JAHR**

ICH MÖCHTE FOLGENDEN AUFKLEBER VON
○ FAUST   ○ GOTHIC NIGHTS   ○ SCHWEINEVOGEL   ○ K & J   ○ ZOMBIEWORLD

ICH MÖCHTE MEIN T-SHIRT IN GRÖSSE
○ M   ○ L   ○ XL

ICH MÖCHTE DAS FOLGENDE COMIC
○ SCHWEINEVOGEL #1, VOL.2 VARIANT   ○ FAUST #6* VARIANT   ○ EXTREM #4* VARIANT
○ HELLBOY "DIE WÖLFE VON SKT. AUGUST" #2 VARIANT   ○ HAMMER #2 VARIANT

SOLLTE MEIN WUNSCH-COMIC NICHT MEHR LIEFERBAR SEIN, MÖCHTE ICH ALS ALTERNATIVE:
_____

☐ Ich zahle per Nachnahme. / ☐ Ich habe einen V-Scheck beigelegt. (Ausland ausschließlich Scheck!)
Mein Name: _____
Straße, Hausnummer: _____
PLZ, Ort: _____
Ort/Datum/Unterschrift: _____
(bei Minderjährigen Unterschrift des Erziehungsberechtigten)   **BITTE UNBEDINGT ALTERSNACHWEIS BEILEGEN**

EEE • EXTREM ERFOLGREICH ENTERPRISES • ARNDTSTRASSE 63 • 04275 LEIPZIG

BESTELL-SCHEIN AUS-SCHNEI-DEN ODER KOPIEREN UND RAUS DAMIT AN EEE!

Hiermit bestelle ich verbindlich folgende Artikel:

- __ SCHWEINEVOGEL #1 „Das Zeit-Vakuum" á 4,95 DM _____ DM
- __ SCHWEINEVOGEL #2 „Die Zeit-Wächter" á 4,95 DM _____ DM
- __ SCHWEINEVOGEL #3 „Die Steinzeit" á 4,95 DM _____ DM
- __ SCHWEINEVOGEL #4 „Das Mittelalter" á 4,95 DM _____ DM
- __ SCHWEINEVOGEL #5 „Der Tod von Sid" á 4,95 DM _____ DM
- __ SCHWEINEVOGEL #6 „Die Bösen" á 4,95 DM _____ DM
- __ SCHWEINEVOGEL #7 „Das Zeitentier" á 4,95 DM _____ DM
- __ SCHWEINEVOGEL #8 „This is the end, my friend" á 4,95 DM _____ DM
- __ SCHWEINEVOGEL #9 „Jenseits" á 4,95 DM _____ DM
- __ SCHWEINEVOGEL #10/11 Doppelnummer, „Hölle auf Erden" á 11,90 DM _____ DM
- __ SCHWEINEVOGEL #1, Vol. 2 „Aton..." á 5,90 DM _____ DM
- __ KREUZFELD & JACOB (K & J) #1, 2. Auflage á 5,90 DM _____ DM
- __ KREUZFELD & JACOB (K & J) #3 á 5,95 DM _____ DM
- __ KREUZFELD & JACOB (K & J) #4 á 6,90 DM _____ DM
- __ GOTHIC NIGHTS (GN) Reg. Ed., 2. Aufl. á 11,90 DM _____ DM
- __ FAUST #1 Akt 1 und 2, 2. Auflage á 11,90 DM _____ DM
- __ FAUST #2 Akt 3 und 4 á 11,90 DM (†) _____ DM
- __ FAUST #3 Akt 5 und 6 á 11,90 DM (†) _____ DM
- __ FAUST #4 Akt 7 á 6,90 DM (†) _____ DM
- __ FAUST #5 Akt 8 á 6,90 DM (†) _____ DM
- __ FAUST #6 Akt 9 á 6,90 DM (†) _____ DM
- __ FAUST #7 Akt 10 á 6,90 DM (†) _____ DM
- __ Vorbestellung: FAUST #8 Akt 11 á 7,90 DM (†) (ab Juni 2000 lieferbar) _____ DM
- __ DEATH DEALER (DD) #1 á 15,90 DM (†) _____ DM
- __ DEATH DEALER (DD) #2 á 14,90 DM (†) _____ DM
- __ DEATH DEALER (DD) #3 á 14,90 DM (†) _____ DM
- __ DEATH DEALER (DD) #4 á 14,90 DM (†) _____ DM
- __ SATANIKA (Sat) #1 á 7,90 DM (†) _____ DM
- __ SATANIKA (Sat) #2 á 7,90 DM (†) _____ DM
- __ SATANIKA (Sat) #3 á 7,90 DM (†) _____ DM
- __ EXTREM ILLUSTRATED (ExIll) #1 á 6,90 DM (†) _____ DM
- __ EXTREM ILLUSTRATED (ExIll) #2 á 7,90 DM (†) _____ DM
- __ EXTREM ILLUSTRATED (ExIll) #3 á 7,90 DM (†) _____ DM
- __ EXTREM #4 á 7,90 DM (†) _____ DM
- __ Vorbestellung: EXTREM #5 á 9,90 DM (†) (ab Juni 2000 lieferbar) _____ DM
- __ NIGHT VISION (NV) #2 á 11,90 DM _____ DM
- __ NIGHT VISION (NV) #3 á 11,90 DM _____ DM
- __ GUNFIGHTERS IN HELL (GiH) #1 á 6,90 DM (†) _____ DM
- __ GUNFIGHTERS IN HELL #2 á 6,90 DM (†) _____ DM
- __ GUNFIGHTERS IN HELL #3 á 6,90 DM (†) _____ DM
- __ Vorbestellung: GUNFIGHTERS IN HELL #4 á 7,90 DM (†) (ab Juni 2000 lieferbar) _____ DM
- __ VIRUS (Sammelband) á 24,90 DM _____ DM
- __ HELLBOY (HB) „Behältnis des Bösen" #1 á 7,90 DM _____ DM
- __ HELLBOY (HB) „Behältnis des Bösen" #2 á 7,90 DM _____ DM
- __ HB „Die Wölfe von St. August" #1 á 7,90 DM _____ DM
- __ HB „Die Wölfe von St. August" #2 á 7,90 DM _____ DM
- __ HAMMER #1 von 4 á 7,90 DM _____ DM
- __ HAMMER #2 von 4 á 7,90 DM _____ DM
- __ Vorbestellung: HAMMER #3 von 4 á 8,90 DM (ab Juni 2000 lieferbar) _____ DM
- __ HEAVY METAL F.A.K.K.2 #1 von 2 á 19,80 DM _____ DM
- __ Vorbestellung: HEAVY METAL F.A.K.K.2 #2 von 2 á 19,80 DM (†) (ab Juni 2000 lieferbar) _____ DM
- __ Vorbestellung: REFOREMER #1 von 2 á 9,90 DM (ab Juni 2000 lieferbar) _____ DM
- __ Vorbestellung: EXTREM Special #1: TORTURER á 12,80 DM (†) (ab Juni 2000 lieferbar) _____ DM
- __ Vorbestellung: EXTREM Special #2: BLASTED! á 9,90 DM (ab Juni 2000 lieferbar) _____ DM
- __ NEU! Jumblers „They Don't Like Us" Red Hot R'n'R from L.E. 4-Track-7" EP á 10,00 DM _____ DM
- __ NEU! T-Shirt EEE „Menschheit" á 30,00 DM M__ L__ XL__ XXL__ _____ DM
- __ Mr. Shithead's HÄUFCHEN-SPIEL á 29,90 DM _____ DM
- __ Poster SCHWEINEVOGEL #1 by Schlunze á 5,90 DM _____ DM
- __ Poster GOTHIC NIGHTS Gräfin Ravnos á 15,00 DM _____ DM
- __ Poster FAUST á 15,00 DM _____ DM
- __ T-Shirt SCHWEINEVOGEL „HOSSA HOSSA" á 24,90 DM XL__ _____ DM
- __ T-Shirt SCHWEINEVOGEL T-Shirt „SV#1" á 24,90 DM XL__ _____ DM
- __ T-Shirt SCHWEINEVOGEL „SchweinePark" á 25,00 DM XL__ _____ DM
- __ T-Shirt SCHWEINEVOGEL „Hölle" á 30,00 DM XL__ _____ DM
- __ T-Shirt K&J „Let the sun..." á 30,00 DM S__ XL__ _____ DM
- __ T-Shirt GOTHIC NIGHTS „Gräfin Ravnos" á 30,00 DM S__ M__ L__ _____ DM
- __ Longsleeve-Shirt GOTHIC NIGHTS „Gräfin" á 37,00 DM S__ M__ L__ _____ DM
- __ T-Shirt FAUST „Welcome In Hell" á 37,00 DM L__ XL__ _____ DM
- __ Longsleeve-Shirt FAUST „Welcome In Hell" á 37,00 DM L__ XL__ _____ DM
- __ Longsleeve-Shirt FAUST „Revenge" á 37,00 DM L__ XL__ _____ DM
- __ Longsleeve-Shirt EEE „Logo" á 37,00 DM L__ XL__ _____ DM
- __ T-Shirt EEE „Armee der Untoten" á 30,00 DM M__ L__ XL__ _____ DM
- __ Aufsteller FAUST „Welcome In Hell" á 69,00 DM _____ DM

ENTWEDER zzgl. Porto und Verpackung bei Paketpost á 10,00 DM
ODER zzgl. Porto + Nachnahmegebühr (entfällt bei Scheckzahlung) á 10,00 DM
Zzgl. Gebührenpauschale Auslandsbestellung (entfällt innerhalb Deutschlands) á 10,00 DM
beim Aufsteller zzgl. Sperrgutgebühr á 15,00 DM

Gesamtsumme ●●●●●●●●●●●●●●●●●● _____ DM

☐ Ich zahle per Nachnahme. / ☐ Ich habe einen V-Scheck beigelegt.

Mein Name: _____

Straße, Hausnummer: _____

PLZ, Ort: _____

Ort/Datum/Unterschrift: _____

(bei Minderjährigen Unterschrift des Erziehungsberechtigten)

*) Porto/Verpackung entfällt, wenn nur ein Abo gemacht wird • †) Ab 18 Jahre, Ausweiskopie als Altersnachweis der Bestellung beilegen
Lieferzeit 3 - 4 Wochen. (Sammelverschickung), außer ABO ausgenommen. Vorbestellungen werden sofort nach Fertigstellung ausgeliefert.

Schick Deine Bestellung an:

**EEE
Arndtstr. 63
04275 Leipzig**

BITTE ALTERSNACHWEIS NICHT VERGESSEN!

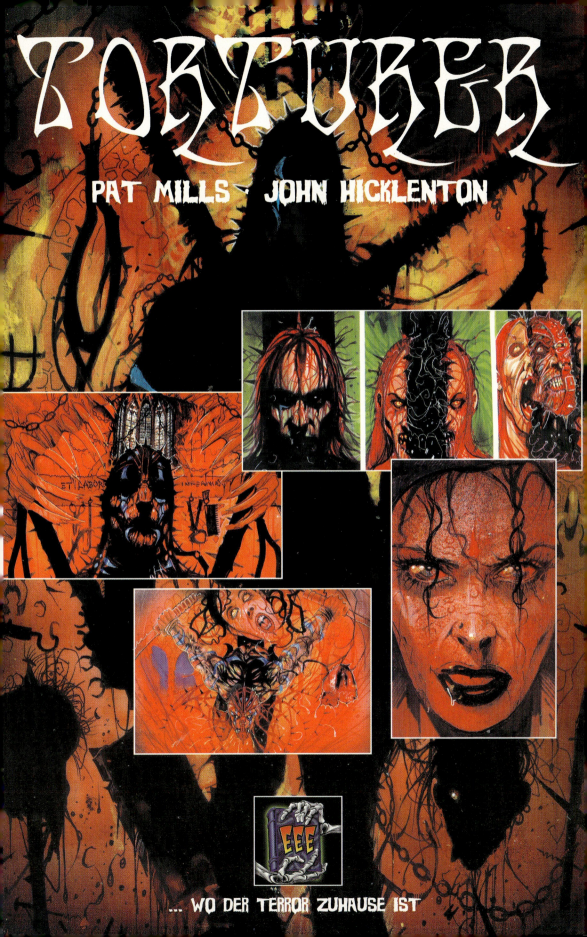